François Alphonse Forel

Einige Beobachtungen über die Entwicklung des zelligen Muskelgewebes. Beiträge zur Entwichlungsgeschichte der Najaden

Antigonos

François Alphonse Forel

Einige Beobachtungen über die Entwicklung des zelligen Muskelgewebes. Beiträge zur Entwichlungsgeschichte der Najaden

Unveränderter Nachdruck der Originalausgabe von 1866.

1. Auflage 2024 | ISBN: 978-3-38636-822-3

Antigonos Verlag ist ein Imprint der Outlook Verlagsgesellschaft mbH.

Verlag: Outlook Verlag GmbH, Zeilweg 44, 60439 Frankfurt, Deutschland, info@outlook-verlag.de
Vertretungsberechtigt: E. Roepke, Zeilweg 44, 60439 Frankfurt, Deutschland
Druck: Libri Plureos GmbH, Friedensallee 273, 22763 Hamburg, Deutschland

Einige Beobachtungen über die Entwicklung
des zelligen Muskelgewebes.

Beiträge

zur

Entwicklungsgeschichte der Najaden.

Inaugural-Abhandlung der medicinischen Facultät zu Würzburg

vorgelegt

von

Dr. F. A. Forel

aus Morges, Canton Waadt, Schweiz.

Würzburg.

A. Stuber's Buchhandlung.

1866.

Druck von F. E. Thein in Würzburg.

Vorwort.

Als ich die Arbeit anfing, deren Resultate ich jetzt
der Oeffentlichkeit übergebe, hatte ich blos die Absicht, die
Entwicklung des Muskelgewebes bei den Najaden zu untersuchen. Mein Plan war, zu versuchen, diese Lücke theilweise auszufüllen, welche uns hindert, eine allgemeine
Theorie über das Muskelgewebe aufzustellen; ich wollte
untersuchen ob die Muskelzellen der Weichthiere denselben
Entwicklungsprocess verfolgen, wie die der höheren Thiere,
oder wenn es nicht der Fall wäre, welcher es denn sei.
Aber je weiter ich in der Untersuchung der jungen Embryonen, welche ich zu studiren hatte, kam, habe ich so
viel Stoff zur Bearbeitung bei ihnen gefunden, dass ich
meinen anfänglichen Plan erweitern musste. Ich habe mich
bald überzeugt, dass die jungen Najaden eine vollkommene

Metamorphose durchzumachen haben, um die Form der Erwachsenen zu erhalten, eine Metamorphose, welche ebenso umfangreich ist, als diejenige der Insekten.

Meine Arbeit wird in zwei Capitel zerfallen.

Im ersten werde ich das Leben des Individuums verfolgen vom Anfange der Entwicklung bis zum erwachsenen Zustande.

Im zweiten werde ich die Anatomie des Embryo in seinen verschiedenen Stadien geben.

Die Entwicklung der Najaden ist schon von mehreren Beobachtern studirt worden. Die Eigenthümlichkeit des Ortes der Entwicklung und die sonderbare Form des Embryo, besonders aber die Hypothese von *Rathke* und *Jacobson*, welche diese jungen Embryonen als Parasiten betrachteten und unter dem Namen *Glochidium* beschrieben, haben die Aufmerksamkeit der Naturforscher auf diese Thierchen gelenkt und eine Reihe von Arbeiten auf diesem beschränkten Punkte der Embryologie sind schon aufzuzählen. Von diesen Arbeiten sind folgende von grösserer Bedeutung.

de Blainville (in Ann. d. Sc. nat. XIV. Paris 1828.) widerlegt die Theorie von *Rathke* und *Jacobson*, und beweisst, dass die Eier, welche in den Kiemen der Najaden sich entwickeln, Embryonen dieser Najaden sind.

C. E. v. Baër (in *Meckel's* Archiv 1830. S. 313) beschreibt den Weg, welchen die Eier zu verfolgen haben, um bis in die Kiemen vorzudringen.

Carus (in seinen neuen Untersuchungen über die Entwicklungsgeschichte unserer Flussmuscheln. Leipzig 1832.) giebt eine vollständige Widerlegung der *Glochidium's* Theorie, reiche Thatsachen und höchst interessante Beobachtungen über die Entwicklung unserer Najaden.

Quatrefages (in Ann. d. Sc. nat. 1836. 2. Serie V. S. 321) phantastische Beschreibung der Entwicklung von *Anodonta sp.* Diese Arbeit enthält viele Irrthümer, welche später leicht widerlegt worden sind.

Leuckart (in Morphologie der wirbellosen Thiere, S. 163. 1848.) sehr interessante Beobachtungen über die Morphologie des ausgebildeten Embryo.

O. Schmidt. (Zur Entwicklungsgeschichte der Najaden, Sitz.-Berichte der k. k. Akad. d. Wissensch. Wien 1836. S. 183.) Ausgezeichnete Beschreibung der ersten Stadien der Entwicklung von *Unio Pictorum* und *Anodonta Cygnea.*

Die Arten, welche ich zu untersuchen Gelegenheit gehabt habe, sind:

Unio Pictorum, Lam.

U. Tumidus, Retz.

U. Crassus, Philipps.

U. Batavus, Lam.

Anodonta Ventricosa, Pfeiff., des Maines in Würzburg.

A. Cellensis, Schroet.

A. Anatina, Lam., des Genfersees.

Schliesslich spreche ich meinen besten Dank aus für die werthvollen und freundlichen Rathschläge meiner Lehrer die H. H. Professor *A. Kölliker* in Würzburg und Professor *J. Eberth* in Zürich, deren wissenschaftliche Unterstützung mir zum grössten Vortheile gereichte. Ferner noch besonders dem Herrn Prof. *C. Vogt* in Genf, welcher die Freundlichkeit hatte, mir seine Notizen und Zeichnungen über dieses Thema mitzutheilen. In diesen letzteren habe ich die Bestätigung von vielen Thatsachen gefunden, welche ich jetzt veröffentliche.

INHALT.

ERSTES CAPITEL.

LEBENSVERHAELTNISSE DER NAJADENEMBRYONEN.

Da ich die verschiedene Stadien der Entwicklung oft zu erwähnen haben werde, glaube ich, um die folgenden Seiten verständlich zu machen, im Kurzen zuerst die Lebensverhältnisse der Eier und Embryonen der Najaden schildern, und diese Entwicklung in einige Hauptperioden trennen zu müssen. Die Eigenthümlichkeit des Ortes, wo die Entwicklung vor sich geht, die lange Dauer des Processes selbst, der am Ende relativ wenig ausgebildete Entwickelungszustand sind interessant genug, um uns einige Zeit dabei aufzuhalten. Vielleicht werden wir einige neue Thatsachen herbeibringen, einige Irrthümer verbessern.

I. Periode.

Entwickelung und Aufenthalt in den Kiemen des Mutterthieres.

Durch die Angaben von *Poli, Oken, Bojanus, Pfeiffer*, ausgezeichnet in *Baër* [1]) zusammengestellt, ist bekannt, dass das Ei aus dem Ovarium durch eine kleine Schlitzöffnung des Ovidukts tritt, welcher Schlitz in der oberen und vorderen Ecke der seitlichen Cavität, die von dem Körper nach innen,

---

[1]) *C. E. v. Baër.* Ueber den Weg, den die Eier unserer Süsswassermuscheln nehmen, um in die Kiemen zu gelangen; in *Meckel's* Archiv 1830. S. 313.

von den inneren Kiemen nach aussen abgegrenzt ist, liegt.
Das Ei durch den Flimmerstrom der Respiration getragen, folgt
diesem Gange, welcher an dem oberen Rande der inneren Kiemen
zu finden ist, kommt bis in die Cloake, welche die beiden
Kiemengänge vereinigt, und von diesem Punkte wird es rück-
wärts nach vorn, bis in die Fächer der äusseren Kiemen getragen. Diese Wanderung, welche schon oft genug besprochen
wurde, will ich nicht beschreiben, sondern nur die Bemerkung
beifügen, dass, seit dem Augenblicke, wo das Ei in der Cloake
angekommen ist, es gegen die normale Richtung des Respirations-
stromes zu kämpfen hat um seinen zukünftigen Platz einnehmen
zu können. In der That, sowohl in den äusseren als in den
inneren Kiemen läuft der physiologische Athmungsstrom im
Innern des Kiemenganges von vorn nach hinten, und da die
Eier in dem äusseren Kiemengange eine entgegengesetzte Richtung zu folgen haben, so muss nothwendig in dem Augenblicke
des Eierlegens eine Veränderung in der Richtung des Stromes,
welcher durch Flimmerhaare in den äusseren Kiemen erzeugt
ist, entstehen.

Die Eier sind in die Kiemenfächer ausserordentlich ein-
gepresst; die Kiemen sind colossal ausgedehnt durch die Un-
masse von Eiern, deren *Unger* 112,000 bei *Anodonta anatina* [1].
Pfeiffer 600,000 bei *Anodonta sp.* [2] zählen. Ich habe bei
Anodonta intermedia eine interessante Beobachtung gemacht,
welche für die Geschichte des blasigen Bindegewebes wichtig
sein kann. Die Wandungen, welche die Kiemenfächer trennen,
sind im normalen Zustande vom gewöhnlichen faserigen, als
Membran ausgebreiteten Bindegewebe gebildet. Bei einer *Anodonta intermedia*, derer Kiemen von Eiern erfüllt waren, habe
ich diese Membran mit grossen Blasen bedeckt gesehen, welche

---

[1] *F. Unger*, Untersuchungen über die Teichmuscheln. Wien 1827.
S. 23.

[2] *C. Pfeiffer*, Naturgeschichte deutscher Land- und Süsswasser-
Mollusken. Weimar 1825. II. Abth. S. 14.

wie ein Netz auf der Oberfläche der Membran polygonale Räume umgaben. In jedem dieser Räume war ein Ei vorhanden, und die Zellen des Bindegewebes schienen mir sich entwickelt zu haben, um die freien Plätze zwischen den Eiern auszufüllen. — Wie bekannt findet man bei den Gasteropoden, Heteropoden, Decapoden, Lumbriciden und Rotatorien, auch bei den Acephalen eine Form des Bindegewebes, welche grosse Aehnlichkeit mit dem Fettgewebe der Säugethiere hat. Diese grossen Zellen von c. 100 µ Grösse bei *Anodonta ventricosa* besitzen einen Kern und einen flüssigen durchsichtigen Inhalt, und sind von keiner Interzellularsubstanz von einander getrennt. Sie erfüllen bei den Najaden alle freie Räume im Körper und Mantel, und scheinen da zu sein, die leeren Stellen einzunehmen. Diess sind die Zellen, welche sich bei den tragenden Kiemen entwickelt haben, und diese zufällige Entwicklung stimmt auch noch mehr mit der Vergleichung überein, welche ich zwischen diesem blasigen Bindegewebe und dem Fettgewebe aufstelle.

Der Augenblick des Eintrettens der Eier ist bei den verschiedenen Arten von Najaden verschieden, im Allgemeinen kann ich sagen, dass bei *Anodonta* dieses Eintreten in späteren Monaten geschieht als bei *Unio*, und ich kann nach meinen Beobachtungen die folgende Daten als approximativ aufstellen.

Anodonta ventricosa. Im Juli hat die Entwickelung noch nicht angefangen.

A. Anatina. Ende Juli fängt die Entwickelung an.

Unio Margaritifer. Ende Juli. *(Hessling)* [1]).

U. Pictorum. Mai.

U. Tumidus. Juni.

U. Crassus. Juni.

U. Batavus. April.

Diese Angaben sind ziemlich unbestimmt; ich könnte bestimmtere Daten geben; die Verhältnisse aber von einem Jahr

---

[1]) *Th. v. Hessling*, die Perlmuscheln. Leipzig 1859. S. 279.

lich die in den äusseren Kiemen enthaltenen Eier und bald sieht man sie durch die Cloake die betreffenden abgeplatteten ovalen Eierkuchen nach einander auswerfen. Diess ist aber, wie gesagt, nicht das physiologische Austreten der Eier, welches ganz anders vor sich geht.

25. Februar 1866. Ich sehe das Austreten der Embryonen aus den Kiemen einer *Anodonta Cellensis* des Genfersees, welche ich seit Anfang Januar in einem Aquarium lebendig aufbewahrte. Das Mutterthier ist ruhig in einem klaren Wasser, und athmet regelmässig bei etwas geöffneten Schalen. Hie und da (jede 3—4 Minute) macht das Thier eine Ausstossungsbewegung auf folgende Weise: Die Randtasten der unteren Oeffnung des Mantels biegen sich gegeneinander und die Oeffnung wird durch eine gewisse Contraktion der muskulösen Ränder geschlossen. Bald contrahirt das Thier seine Schliessmuskeln plötzlich, und schliesst einigermassen seine Schalen, und es tritt durch die Cloakenöffnung ein starker Strom Wasser aus, welcher viele Eier enthält. Diese sind isolirt oder zusammenhängend, niemals aber als Kuchen zusammengelegt, verbreiten sich in der sie umgebenden Flüssigkeit und fallen bald auf den Grund. Nachher richten sich die Taster wieder auf, und die Athmung beginnt von Neuem.

Dies scheint mir das natürliche Ausstossen oder Gebären der Eier, und nicht der Vorgang, den *Pfeiffer* und *Carus* beschrieben haben.

Die Zeit des Gebärens ist für die Unionen und Anodonten sehr verschieden, wie das Eintreten der Eier in die Kiemen. Die Entwickelung der Eier für die Unionen ist im Sommer fertig, im Herbst erst für die Anodonten. Sobald der Embryo ausgebildet ist, wird er bei den Unionen ausgestossen, bei den Anodonten dagegen verweilt der ausgebildete Embryo längere Zeit in den Kiemen. Im Monate November und Dezember sind die Kiemen von allen weiblichen Anodonten mit ausgebildeten Eiern angefüllt. Einige Exemplare von *Anodonta Ventricosa* habe ich im Aquarium bis Mitte Dezember aufbewahrt, wo sie die Eier vielleicht durch Frühgeburt ablegten. *Anodonta Cellensis* und *Anatina* habe ich vom Genfersee im Dezember erhalten, und erst Ende Februar sie Eier legen sehen. Am 20. März 1866 habe ich 121 Exemplare von *Anodonta Anatina* im Genfersee aufgefangen, von denen 68 Eier in den Kiemen enthielten, die 53 übrigen aber keine; von diesen letzteren habe ich 10 untersucht, die alle Männchen waren. Von 25 Exemplaren *Anodonta Cellensis*, die ich am 7. April auffing, hatten 12 nur wenige Eier in den Kiemen, indem voraus entschieden die meisten ausgestossen waren; 13 davon enthielten keine Eier. — Aus diesen Beobachtungen kann ich schliessen, dass der Embryo von *Anodonta* wenigstens ein Theil des Winters hindurch, in den Kiemen bleibt, obgleich seine Entwicklung schon im Herbst vollendet ist. Der Embryo verweilt in dem Ei wie die Raupe einer *Saturnia* z. B., welche schon im Herbst gebildet ist, und erst aus der Schale austritt, sobald die Wärmeverhältnisse es gestatten.

Sämmtliche Autoren stimmen darin überein, dass es bis jetzt unmöglich gewesen ist, die Embryonen nach ihrem Austreten aus den Kiemen lebendig zu erhalten. Ich kann mich kaum glücklicher nennen, obgleich ich einmal 29 Tage, ein anderes Mal 36 Tage, nach dem ersten Austreten der Eier aus der Kiemen, noch lebendige Embryonen in meinem Aquarium beobachten konnte. Das Ausstossen der Eier dauert einige Tage fort, und ich muss jedesmal 5—6 Tage abrechnen, weil wahrscheinlich die letzten lebenden Embryonen zuletzt geboren wurden. Sei dem wie ihm wolle, ich habe 23 Tage lang (im Februar 1866) Embryonen von *Anodonta Anatina* des Genfersees, 30 Tage lang (im Dezember 1865) Embryonen von *Anodonta Ventricosa* des Maines, in meinem Aquarium, frei lebend beobachtet, und in Kurzem folgendes bemerken können:

a) Nachdem, wie oben gesagt, die Embryonen frei gelegt sind, fallen sie auf den Grund und bilden auf der Oberfläche des Schlammes eine braune, unregelmässige dicke Schicht von lebenden Embryonen, von Schalen der ausgestorbenen Em-

8

bryonen, und von ausgebreiteten Byssusfäden bestehend. Die Embryonen haben keine selbstständigen Bewegungen und bleiben an der Stelle wo die Bewegung des Wassers sie hingebracht hat.

b) In ihrer natürlichen Lage liegen die Embryonen mit vollständig offener Schale (Taf. I. Fig. 1) auf dem Grunde. Ist die Eihülle zerrissen, so breitet der bis jetzt halb geöffnete Embryo seine Schale aus, lässt seinen Byssus sich frei in der Flüssigkeit entwickeln und lässt seine Wimperräder so lange ruhig flimmern, bis er gestört wird. Dann schliesst er nach 2 — 3 Anstrengungen seine Schalen vollständig zu, und bleibt einige Zeit so, bis er sie wieder öffnet.

c) Die Ausbildung macht keine weitere Fortschritte; während dieser 30 Tage habe ich weder an Grösse noch an Form einige Veränderung beobachten können. Da der Embryo keinen Verdauungskanal besitzt, kann er sich nur durch eine allgemeine Absorption ernähren, und am Ende dieser Periode ist er nicht mehr und nicht weniger ausgebildet als wenn er sich noch in der Eihülle befände.

d) Die Embryonen starben nach einander schnell ab, obschon das Wasser immer regelmässig erneuert wurde. Bald nach ihrem Tode wurden sie von einer Menge Infusorien in wenigen Augenblicken verschlungen. Dass jedoch diese Infusorien die Ursache ihres Todes seien, glaube ich nicht, denn ich habe nie Infusorien einen lebenden Embryo angreifen, wohl aber sobald die Flimmerung aufgehört hatte, sie mit grosser Hast verschlingen sehen. Es scheint mir, dass in diesem Augenblicke andere Lebensverhältnisse für die Fortsetzung der Entwicklung nothwendig werden, und das Schmarotzen auf den Fischen ist wahrscheinlich der natürliche Weg, welchem die Muschelembryonen zu folgen haben.

III. Periode.
Parasitisches Leben auf den Fischen.

Untersucht man im Winter, vom Anfang Januar bis Mitte April, die äusseren Theile von verschiedenen Fischen des Maines, besonders die Schwanz- und Brustflossen und Kiemendeckel der Weissfische oder die Kiemendeckel, Bartfäden und Lippen des *Gobio fluviatilis*, so findet man mehr oder weniger zahlreiche, bis 20 auf einem einzigen Fische, junge embryonale Najaden, welche in der Haut schmarotzen. Bei weiterer Beobachtung bemerken wir folgendes:

a) Sie sind noch im embryonalen Zustande, und zeigen anatomisch untersucht keine wesentliche Verschiedenheiten von den bis jetzt studirten Embryonen mit Ausnahme des Verschwindens des Byssus und Byssusorganes. Von dem letztern sind jedoch noch Spuren zu finden.

b) Die Schalen sind fest geschlossen im Gegensatz zu dem, was ich in der vorigen Periode beobachtet habe. Möglicher Weise kommt es von den zahlreichen Störungen, welche der Embryo seit der Gefangenschaft des Fisches erlitten hat. Weil aber der Embryo eincystirt ist, glaube ich, dass im normalen Zustande die beiden Schalen geschlossen sind.

a) Die Cyste, in welcher der Embryo lebt, besteht aus einer kleinen Geschwulst von epithelialen Zellen, welche sich nach dessen Ansiedlung auf der Epidermis rasch vermehren, und den schmarotzenden Embryo nach und nach ganz einschliessen. Ich habe an dieser Cyste weder eine besondere Membran noch deutliche Oeffnungen gefunden.

d) Die Embryonen, welche ich während der oben genannten Daten in Würzburg untersuchte, waren sämmtlich Embryonen von *Anodonta* und da *Anodonta Ventricosa* des Maines ihre Eier im Dezember legt, so kann ich schliessen, dass dieser Aufenthalt auf den Fischen längstens 3—4 Monate dauert.

Wie aber kann man die sonderbare Wanderung der Embryonen auf den Fischen erklären?

So lange der Embryo in seiner Eischale eingehüllt ist, das heisst bis zum Augenblicke seines Austrittes aus den Kiemen des Mutterthieres ist ihm ein sehr stark entwickelter Apparat, der Byssus und die Byssusorgane (Taf. I. Fig. 2) noch ohne Nutzen. Sobald wir aber den Embryo auf den Fischen schmarotzend finden, ist dieser Apparat verschwunden. Wir müssen daher die Anwendung dieses Apparates zwischen diese beiden Epochen setzen, in welcher Zeit der Embryo frei im Wasser lebt, jedoch ohne irgend einen locomotorischen Apparat zu besitzen, welcher ihm die Bewegung ermöglicht. Sein starker Muskel dient ihm nur um seine Schale zuzuschliessen, er besitzt keinen Fuss, welcher ihn zum Kriechen verhelfen könnte, und seine Wimperorgane sind zum Schwimmen zu schwach. Er würde also auf dem Grunde liegen bleiben und vom Wasser hin- und hergeschwemmt werden, wenn er nicht diesen Faden besässe, welcher ihn an irgend einer Stelle fest hält. Der Byssus kann auch einen anderen Nutzen haben, welcher jedoch nur hypothetisch aber nicht destoweniger begreiflich ist.

In dem Aquarium, wo ich die Anodontenembryonen frei lebend beobachtete, habe ich oft den langen Byssusfaden (6, 9 — 12 Mm lang) in der Flüssigkeit schwimmen gesehen, und wenn ich eine Nadel ganz in der Nähe des Grundes herumführte, habe ich oft die jungen Embryonen mittelst ihres Byssus fangen können. Wäre es nun nicht möglich, dass das Uebersiedeln des Muschelembryo's auf die Fische auf diese Weise geschehe. Die Fäden schweben theilweise frei im Wasser, der Fisch bewegt sich in der Nähe des Grundes, und sowie der Byssus mit dem Fische in Berührung kömmt, so heftet er sich irgendwo an einer Schuppe fest und der Embryo ist so mit dem Fische in Verbindung; mittelst seines Hakens greift er die Epidermis an, es bildet sich nun so um ihn herum eine Vermehrung von Epithelialzellen und der Embryo wird nach und nach in eine Cyste eingeschlossen. Ich sagte diess sei eine Hypothese, aber sie ist gewiss nicht unwahrscheinlicher als so viele Hypothesen, welche in der Wissenschaft aufgestellt werden. Diese Hypothese hat für sich die Thatsache, dass der Byssus und das Byssusorgan vollständig verschwinden, sobald das parasitische Leben auf den Fischen angefangen hat.

Leidig [1]) macht auf den sonderbaren Austausch von Parasitismus, welchen wir zwischen Muscheln und Fischen finden, aufmerksam, der in der That auffallend ist. Wie gesagt schmarotzen auf den Fischen die Embryonen von Muscheln, die Eier dagegen der Fische entwickeln sich schmarotzend in den Kiemen der Muscheln. Oeffnet man im Monat Mai irgend eine Unio des Maines, so findet man in der Höhle der inneren Kiemen zahlreiche Eier oder Embryonen von Fischen, wahrscheinlich Weissfischen, welche vom Anfange der Entwickelung bis zu einem ziemlich ausgebildeten Zustande in diesem sie schützenden Aufenthalte verweilen. Die Eier der Fische werden durch den Athmungsstrom in die Leibeshöhle gebracht, aber sehr sonderbar ist es, dass sie in den Kiemenfächer getragen werden, was niemals mit anderen fremden Körpern geschieht. Denn wenn diese letzten in die Leibeshöhle gelangen, so werden sie sogleich durch die Spalte des inneren Kiemenganges in die Cloake und von da nach aussen ausgestossen, niemals aber in den Kiemenfächern gelassen. Es geschieht wahrscheinlich in diesem Falle, wie bei dem Eintreten der Eier in den Kiemen eine momentane Veränderung in der Richtung des Stromes, was um so auffallender ist, als hiebei die Störung des physiologischen Lebens zu Gunsten eines fremden Körpers, eines Parasiten vor sich geht [2]).

---

[1]) In *Noll*, der Main. Frankfurt 1866. S. 64.

[2]) Diese Veränderung in der Richtung des Stromes, sowie diejenige, welche ich Seite 2 beschrieben habe, lässt sich vielleicht durch die Beobachtung erklären, welche ich neulich über den Zusammenhang der Nervenfasern mit den Flimmerzellen der Kiemen der Najaden gemacht habe. (Phys. med. Gesellsch. in Würzb. 15. Juni 1866.) Sowohl diese Flimmerzellen als die des Darmkanals zeigen hübsche und deutliche Fortsätze, welche beinahe in jeder isolirten Zelle zu sehen sind.

IV. Periode.

Metamorphose.

Die anatomische Beschreibung wird, wie ich hoffe, die Nothwendigkeit der Annahme einer Metamorphose erklären, für den Augenblick möchte ich nur erwähnen, dass wir über diese Zeit noch ganz in Unkenntniss sind. So weit ich darüber weiss, hat man niemals eine Najade in der Zeit gesehen, welche zwischen dem embryonalen und dem ausgebildeten Zustande liegt, und wie ich glaube, sind die Lebensverhältnisse während mehrerer Jahren vollständig unbekannt. Ich habe im Monate Mai junge Unionen von 6, 8 — 12 M^m lang im Main gefunden; wenn ich sie mit den Embryonen vergleiche, welche nur circa 0,00008 gr. wiegen, und bedenke, dass sie jetzt 1, 2, 3 gr. wiegen, so finde ich eine Volumenvergrösserung von 12,500 — 37,500. Wenn ich noch betrachte, wie langsam die Grösse der Embryonen einerseits der Erwachsenen anderseits zunimmt, so kann ich die beiden Formen nicht einer und derselben Ge-

---

Um diese Zellen gut isolirt zu bekommen, so lasse ich die frisch geschnittenen Kiemen einer möglichst grossen Anodonta *(Anodonta Ventricosa)*, 4 Tage lang in einer $^1/_2$ °/$_0$ Lösung von Chromsäure liegen, dann schabe ich mit einem stumpfen Messer die Oberfläche dieser Kiemen, und erhalte lange Reihen von Flimmerzellen in ihren natürlichen Zusammenhang. Unmittelbar unter diesen Reihen von Zellen habe ich in 5 Präparaten Nervenfasern parallel mit ihnen verlaufen sehen, und mit den unteren Ausläufern dieser Zellen sich fortsetzen. Diese Nervenfasern sind sehr fein und erscheinen mit einer 650fachen Vergrösserung (Oc. 3, Syst. 8, Hartnack) betrachtet als einfache Streifen, ohne doppelte Conturen, zeigen aber mehr oder weniger Varikositäten, ganz ähnlich derjenigen der feineren Fasern der anderen Nerven des Körpers. — Wie bekannt flimmern die wimpernden Zellen, noch nachdem sie isolirt sind; die nervöse Wirkung scheint dann nicht die Ursache der Flimmerbewegung selbst zu sein, sondern möglicher Weise blos bestimmend auf die Richtung der Bewegung einzuwirken. Das wirkliche Auftreten der Veränderung in der Richtung der Flimmerung habe ich in den zwei oben erwähnten Beispielen beschrieben.

neration zuschreiben. Die jungen Najaden des Frühlings sind wahrscheinlich wenigstens $1\,^1/_2$ Jahre alt.

V. Periode.
Erwachsener Zustand.

Sucht man im Frühling, wenn das Wasser nach den grossen Anschwellungen wieder auf dem gewöhnlichen Niveau steht, im Schlamme des Maines, so findet man junge Unionen und Anodonta von 6—12 M^m Länge, welche schon vollständig die Form, Struktur und Lebensart der Erwachsenen angenommen haben, nur sind die Geschlechtsdrüsen noch nicht ausgebildet.

Von dieser Zeit an sind uns die Lebensverhältnisse so wie die Anatomie bekannt, wenn uns auch noch die Schnelligkeit des Wachsthums der Najaden unklar ist. Darüber haben wir noch keine Andeutungen.

ZWEITES CAPITEL.
ANATOMISCHER THEIL.

I. Furchungsprocess.

Da der Furchungsprocess noch nirgends abgebildet ist, so glaube ich nicht ohne Nutzen meine Zeichnungen für die ersten Stadien der Entwickelung zu veröffentlichen. Diese Abbildungen sind zwar von verschiedenen Individuen und Arten von Unionen aufgenommen worden; sie stimmen jedoch genügend überein um die Gesetze dieser Furchung geben zu können.

Eine erste Spaltung trennt den Dotter in zwei beinahe gleiche Kugeln (Taf. III. Fig. 2), deren eine sich später in 2, 3, 4 und noch mehrere spaltet; die andere jedoch in der

ersten Zeit unverändert bleibt. Ich gebe in der 2., 3., 4., 5., 6. und 7. Figur die verschiedenen Stadien bis zu dem Augenblicke, wo der erste Theil (Bildungsdotter) sich in 6 Kugeln getheilt hat. Später findet man den ganzen Dotter von einer Schichte Furchungskugeln umgeben, welche eine ihn umschliessende Lage bildet (Taf. III. Fig. 8); das mittlere Centrum des Dotters ist hell und durchsichtig geworden. Die Uebergangsstufen habe ich leider nicht beobachten können, aber ist es zu weit von diesen Thatsachen behauptet, wenn ich sage, dass die Furchung des Bildungsdotters weit genug geht, die ganze Lage der äusseren Zellen zu bilden?

Was die Furchungskugeln und ihre Beschaffenheit betrifft, muss ich gestehen, dass sie mir von einer besonderen Membran umgeben zu sein scheinen. Nicht nur, wenn sie frei in der Flüssigkeit nach dem Zerzupfen schwimmen, zeigen sie scharfe und deutliche Conturen, sondern auch bei unverletztem Dotter wo sie durch scharfe gerade Linien abgegrenzt sind. Ebenfalls nach dem Zusatz von Wasser, welches den feinkörnigen Inhalt um den Kern herum zurückdrängt, sieht man eine deutliche, stark ausgedehnte Membran, welche theilweise vollständig frei aussieht (Taf. III. Fig. 9).

II. Erste Entwickelung.

Im Betreff der ersten Entwickelung hat *O. Schmidt*[1]) die Verschiedenheit der Entwickelung zwischen *Unio* und *Anodonta* ausgezeichnet beschrieben. Ich will diese Geschichte nicht wieder aufnehmen, sondern nur die verschiedenen Stadien kurz angeben.

1. Der Dotter nimmt eine dreieckige Form an.
2. Es sondert sich eine Schicht von abgeplatteten polygene-

---

[1]) *O. Schmidt*, Zur Entwicklungsgeschichte der Najaden. Sitzungsberichte der Wiener Akademie der Wissenschaften. Bd. XIX. S. 183. Wien 1856.

ten Zellen ab, welche mehr und mehr von dem Schlossrande bis an die bauchige Ecke den Dotter umgiebt. Diese
erste Anlage der Schale wird erst später sich verkalken.

3. Unter dem Schlossrande bildet sich ein freier dreieckiger
Raum, welcher ganz hell und leer aussieht.

4. In der hinteren Ecke dieses Raumes trennen sich die
40—50 embryonalen Zellen, erste Anlage des Schalen-
schliessmuskels.

5. Um den Muskel herum bildet sich ein 3 mal contourirtes
Organ, das Byssusorgan. Der Byssus selbst wird erst
nach der Trennung der zwei Hälften des Embryo erscheinen.

6. Das Häufchen von Zellen, welche die untere Ecke des
Embryo bildet, trennt sich in zwei seitliche Massen, zuerst fest mit dem schon angedeuteten Schalenaufsatze
zusammenhängend, welche seitliche Massen immer mehr
absorbirt werden.

7. Es bildet sich an dem hinteren Ende ein complicirter
Apparat von Flimmerhaaren besetzt, die seitlichen Räder und die mittlere Commissur.

Diese verschiedenen Theile werde ich an dem ausgebildeten Embryo beschreiben, und um die Sachen nicht zu wiederholen, so gebe ich jetzt nur diese Angaben mit folgenden
Bemerkungen:

A. *Carus* [1]) spricht von deutlichen Herzschlägen, welche
er bei den jüngsten Embryonen beobachtet hat; die späteren
Untersuchungen haben aber diese Thatsache nicht bestätigt, und
Lacaze du Thiers [2]) und *Lovén* [3]) sprechen bestimmt und klar
von der relativ späteren Entwicklung des Herzens und der
Gefässe bei den Acephalen. Ich habe nachgesucht, was den

---

[1]) *Carus*, loc. cit. S. 49.

[2]) *Lacaze du Thiers*, Voyage aux îles Baléares etc. Paris 1859.
S. 218.

[3]) *Lovén* in *Lacaze du Thiers*, loc. cit. S. 219.

16

Irrthum eines so ausgezeichneten Beobachters wie *Carus* herbeibrachte, und gefunden, dass wenn man einen zugeschlossenen Najadenembryo von der Seite durch die durchsichtige Schale betrachtet, so sieht man, einige Minuten nach der Schliessung eine deutliche Pulsirung, diese Pulsirung aber rührt nicht von irgend einem Herzen oder von Gefässen her, sondern von dem Muskel selbst, welcher sich total oder partiell contrahirt.

B. Was *Quatrefages* [1]) in Irrthum gebracht hat, als er glaubte, Herz, Gefässe, Darm, Magen, Nerven beschreiben zu dürfen, ist hauptsächlich das Byssusorgan mit seinen drei Windungen um den Muskel herum.

C. *Quatrefages* [2]) und *Leuckart* [3]) haben eine Asymmetrie in der Bildung der zwei Hälften beobachtet, welche ich nicht bestätigen kann. Ich habe nichts davon gesehen, und habe als asymetrisch nur das Byssusorgan in der linken Hälfte zu erwähnen.

D. Den Durchmesser der Eier der verschiedenen Arten habe ich gemessen und folgenden gefunden:

Unio Crassus	—	200 μ
U. Batavus	—	210 μ
U. Tumidus	—	225 μ
U. Pictorum	—	225 μ
Anodonta Cellensis	—	345 μ
A. Intermedia	—	360 μ
A. Ventricosa	—	390 μ

III. Der ausgebildete Embryo.

Lassen wir nun diesen Process der Entwicklung ausser Acht und untersuchen wir den vollständig gebildeten Embryo,

---

[1]) *Quatrefages*, Developpement des Anodontes in Ann. Sc. nat. II. Serie t. V. 1836. S. 326 sq.

[2]) *Quatrefages*, loc. cit. S. 334.

[3]) *Leuckart*, Morphologie der wirbellosen Thiere. Braunschweig 1848. S. 164.

wie zum Beispiel ein Ei von *Anodonta* in den Kiemen im Monate November oder Dezember oder die junge Anodonte, welche ausgetreten ist und in dem Schlamme eines Aquariums lebt.

Die Anotomie dieses jungen Thieres ist sehr einfach zu verstehen, wenn man Folgendes annimmt: Die Organe des locomotorischen Systemes sind sehr complicirt und ausgebildet, die des organischen Lebens aber so einfach als möglich.

Um diesen Satz klar und verständlich zu machen, habe ich in zwei schematischen Abbildungen (Taf. I. Fig. 2—3) die zwei Systeme getrennt gezeichnet. Die Figur 2 stellt nur das locomotorische System, die Schale, den Byssus und das Byssusorgan und den Muskel dar. In der Figur 3 sieht man den eigentlichen vegetativen Körper aus zwei seitlichen Massen von ebmryonalen Zellen bestehend, vereinigt durch zwei Brücken, die vordere schwach angedeutet, die hintere complicirt und aus zwei seitlichen wimpernden Organen und einer mittleren ebenfalls wimpernden Commissur gebildet.

Ein solcher Embryo besitzt kein Herz, keine Gefässe, keinen Verdauungsapparat, keine Spur von Allem dem, was ein Weichthier charakterisirt, und wenn man die Figur 3 allein betrachtet, so könnte man glauben, sie gehöre dem einfachsten Infusorium an.

Der ganze eigentliche Körper besteht aus Zellen in noch embryonalem Zustande (Taf. III. Fig. 10). Diese Blasen, deren Gestalt ziemlich unregelmässig ist, und deren Grösse nicht über 40 µ beträgt, sind isolirt, rundlich, von einer deutlichen Hülle umgeben, und zeigen neben dem Kerne zahlreiche Molleküle, welche die Brown'sche Bewegung besitzen. Ich würde sie ganz einfach als Ueberrest der Furchungskugeln beschreiben, deren Gestalt, Form, Struktur und Natur sie haben, wenn die Unregelmässigkeit ihrer Grösse mich noch etwas darüber zu zweifeln veranlasste, und ich bezeichne sie einfach als embryonale Zellen oder Protoplasmabläschen.

Das einzige Gewebe, welches man als schon differenzirt betrachten kann, ist das Muskelgewebe, welches wir später untersuchen werden. Was die Wimperorgane betrifft, so kann ich sie nicht als Gewebe betrachten; sie sind Organe von wahrscheinlich ziemlich complicirtem Bau, ich war aber nicht im Stande deren elementaren Theile zu isoliren. Die Nerven sind wahrscheinlich vorhanden, indem der Muskel schon willkürliche Bewegungen macht; aber es ist mir nicht gelungeu, eine Spur dieses Gewebes zu finden.

1) *Die seitlichen Massen.*

Der eigentliche Körper besteht aus zwei mehr oder weniger entwickelten Massen (Taf. I. Fig. 3), welche auf den Seiten auseinander gedrängt sind, die mittleren Theile dagegen fehlen beinahe vollständig. Wir müssen diesen Umstand desto mehr in Betracht ziehen, weil bei erwachsenen Najaden das Gegentheil geschieht. Oeffnet man bei einer erwachsenen Anodonta die Schale, so trifft man auf jeder Seite den Mantel gegen die Schale fest gestellt; diess ist aber das einzige Organ, welches diese Lage hat. Die sämmtlichen Organe des Körpers, alle Apparate, welche für das organische und genetische Leben bestimmt sind, findet man in dem mittleren Körper, und selbst die Kiemen und Labialtaster sind als mit ihm vereinigt zu betrachten. Der Schutzapparat, der Mantel, ist allein in der Seitenlinie, an der Stelle, wo die embryonalen zelligen Massen zu finden sind.

Die seitlichen Massen sind ziemlich unregelmässig, mehr oder weniger hervorragend, noch mehr in den ersten Stadien, als in einer vollständigeren Entwicklung, mehr bei *Unio* als bei *Anodonta*. Ist die Schale geöffnet, so sieht man von unten die abgerundeten Conturen dieser Massen, welche von dem unteren Rande der Wimperorgane nach hinten und unten laufen, bis an den hinteren Rand der Schale, und von diesem Punkte halbmondförmig bis in die vordere Ecke der Schale. Die äusseren Conturen sind scharf abgegrenzt, die inneren dagegen sehr schwach gezeichnet. Von unten gesehen entdeckt man nur die vordere und hintere Brücke, vor und hinter dem Muskel; von der anderen Seite aber sieht man deutlich eine breite dünne Commissur, die seitlichen Massen in ihrer ganzen Länge vereinigend (Taf. II. Fig. 1).

Die innere Fläche dieser Massen ist ziemlich unregelmässig, bestehend aus abgerundeten Loben von unbedeutend tiefen Spalten getrennt, ohne Constanz ihrer Stelle. Wegen dieser Unregelmässigkeit der Anordnung dieser Loben ist es mir nicht gelungen eine Beschreibung derselben zu geben. Diese Massen sind nicht durchsichtig genug, um die Theile, die unter ihnen liegen (Byssusorgan), sehen zu können.

Sie sind aus embryonalen Zellen von verschiedener Grösse und Gestalt gebildet, einige dieser Zellen sind sehr gross und erscheinen schon vor aller Zerzupfung der Massen.

2) Borstenartige Stacheln.

Ist die Schale geöffnet und der Embryo am Leben, so sieht man in der Mitte zwischen beiden seitlichen Massen acht hervorragende borstenartige Stacheln bei *Anodonta* (Taf. II. Fig. 1), vier nur bei *Unio* (Taf. II. Fig. 2), deren Bedeutung noch nicht klar ist. Bei *Anodonta* haben sie folgende Lagen von jeder Seite des Schlossrandes: ein Paar unmittelbar in der Nähe der Insertion des Byssusorganes, die drei anderen von dem bauchigen Schalenaufsatze bedeckt (Taf..I. Fig. 1). Bei *Unio* hat das erste Paar die ähnliche Lage, wie bei *Anodonta,* das zweite liegt nach hinten.

Die Constanz ihrer Lage, ihre ziemlich complicirte Struktur (sie bestehen nämlich aus kleinen Wucherungen des Körpers, welche eine kleine Blase, vereinigte oder getrennte Haare tragend, enthalten), geben ihnen gewiss eine wahrscheinlich wichtige Bedeutung; welche diese aber ist, ist noch vollständig unbekannt. Ich habe oft die Borsten getrennt gesehen, welche diese Stacheln bilden, aber niemals ein Flimmern derselben beobachtet.

3) *Flimmerorgane.*

In dem mehr senkrechten Winkel der Schale bei *Anodonta* befindet sich ein sehr complicirter Apparat, welcher eine wesentliche Rolle für das Leben des kleinen Embryo einnimmt, es ist der *Wimperapparat;* dieser nimmt den ganzen Raum ein, der ein Drittel der Länge des Körpers des Embryo bildet, von dem hinteren Rande des Muskels bis zum hinteren Rande der Schale. Ich werde ihn in Folgendem beschreiben: Auf jeder Seite des Körpers sind zwei korbartige ovale Formen mit abgerundeten Rändern, welche in der Mitte eine Vertiefung darbieten; ich will sie mit dem Namen *Räder* bezeichnen. Die Conturen sind in jeder Richtung ziemlich scharf abgegrenzt, besonders nach hinten und oben, und mittelst einer scharfen Rinne von den seitlichen Massen nach unten getrennt. Ist die Schale geöffnet, so sind diese Räder nach unten gerichtet, bei halbgeöffneter Schale liegen sie mehr nach hinten. Die *Commissur*, welche diese beiden Räder vereinigt, bildet eine Art Spalte mit einer unteren abgerundeten Lippe, welche sich an jeder Extremität krümmt, um zwei kleinere obere seitliche Lippen zu bilden.

Die Gruben, welche diese drei Organe enthalten, sind unbedeutend tief und sind niemals mit fremden Körpern angefüllt. Der Rand der zwei seitlichen korbförmigen Räder und der untere Rand der mittleren Commissur sind von langen Flimmerhaaren ($55\,\mu$) besetzt, welche in steter Bewegung sind und einen starken Strom in der Flüssigkeit bilden. Dieser Strom, welcher leicht mittelst feines Staubes in dem Wasser schwimmend beobachtet werden kann, hat folgende Richtung: Das Wasser, welches zwischen den beiden Schalen liegt, bewegt sich zuerst nach vorne bis zum hinteren Rande des Muskels, nachher nach oben, dann nach hinten längs der Cilien, darauf fliesst es wieder frei. Niemals habe ich kleine Körperchen in die Oeffnungen der Gruben der Wimperorgane gebracht werden gesehen; wenn ich Stunden und Tage lang (bis $2\,^1/_2$ Tage) die kleinen Embryonen in einem mit Carminmollekülen gemischten Wasser, leben liess, habe ich niemals diese Mollekṻle in die Körper der Embryonen eintreten sehen. Ich glaube desshalb mit Recht diese Wimperorgane nicht als Mundöffnungen betrachten zu müssen, oder wenn sie sich später (das Mittlere am besten seiner Form und seiner Lage nach) als Mund- oder Afteröffnung entwickeln sollten, so glaube ich, dass sie in diesem Stadium der Entwicklung noch nicht geöffnet seien. Ich glaube nach meinem erfolglosen Ernährungsversuchen sie als Respirationsapparat betrachten zu dürfen. In der That lässt sich der Strom, welcher durch die Wimperorgane gebildet ist, sehr leicht mit dem Athmungsstrom der Erwachsenen vergleichen.

Dieser Grund leitete mich bei der Feststellung der Lage des Embryo. *Leuckart* [1]), welcher die Räder analog mit den Labialtastern der Erwachsenen betrachtet, sieht den senkrechten Winkel der Schale als vorderes Ende an; wenn ich aber diese Wimperorgane als hintere Ende betrachte, so ist die Lage vollständig umgekehrt. Es scheint mir unmöglich vor der Metamorphose die Bestimmung dieser Organe feststellen zu können, und ich glaube sie mit mehr Recht als analog den Kiemen betrachten zu dürfen, wegen der Analogie der beiden Richtungen der Ströme.

Was ihre physiologische Bedeutung betrifft, so habe ich nichts zu erwähnen; ich betrachte sie als Athmungs- und Ernährungsapparat, wie und von welcher Art, das weiss ich nicht. .

So bald das Thierchen leidet und krank wird, so hören die Wimperorgane zu flimmern auf.

So wenig die Apparate des organischen Lebens entwickelt sind, so vollkommen ist bei unseren Embryonen das locomotorische System, welches schon vollständig den Typus der

----

[1]) *Leuckart*, loc. cit. S. 164.

Weichthiere besitzt im Gegensatz zum organischen System, welches nach diesem Typus entschieden nicht gebildet ist.

Das locomotorische System besteht:

1) aus der Schale mit ihrer sonderbaren Form, Struktur, und ihrem grossen bauchigen Aufsatze,
2) dem Byssus und Byssusorgane,
3) dem einzigen Schliessmuskel.

4) Die Schale.

Die Form und Struktur der Schale weichen so von den der Erwachsenen ab, dass, wenn wir die Embryonen nicht in den aufeinander folgenden Entwickelungsstadien hätten beobachten können, und gesehen, dass sie aus den Eiern von Najaden entstehen, wir zweifeln, und vielleicht mit *Rathke* und *Jacobson* sie bei einer besonderen Gattung, der Gattung *Glochidium* einweihen könnten.

Die Schale ist dreieckig mit abgerundeten Rändern und Winkeln. Der obere Rand ist mehr geradlinig und gehört dem Gelenke an, die zwei anderen sind frei und in einem bauchigen Winkel vereinigt, welcher den grossen Aufsatz trägt. Von den anderen Winkeln, welche den Gelenkenden angehören, ist bei *Anodonta* der hintere mehr senkrecht als der vordere, und in Folge dessen ist der untere etwas nach hinten gebogen. Bei *Unio* sind die drei Winkel fast gleich.

Die Wölbung der Schale ist mittelmässig bei den Embryonen von *Anodonta* (Taf. II. Fig. 1) und ziemlich ähnlich der Wölbung der erwachsenen Schale von *Anodonta cellensis*. Bei *Unio* ist die Schale mehr kugelig mit mehr rundlichen Rändern und besser mit einer Schale von *Cardium edule* oder *Cyclas calyculata* zu vergleichen, als mit einer Schale von erwachsener *Unio* (Taf. II. Fig. 2).

Anstatt den grossen bauchigen Haken, der ein sehr complicirtes Organ ist, zu beschreiben, will ich lieber eine Abbildung davon geben, um so mehr als er noch niemals richtig dargestellt worden ist (Taf. II. Fig. 13). Er articulirt sich mittelst eines Gelenkes mit der Schale; man kann ihn nicht selten nach Innen gebogen sehen, wenn die Schale vollständig geschlossen ist.

Was die Struktur betrifft, so habe ich Folgendes zu bemerken. Sie besteht aus einer einfachen Lage von verkalkten, abgeplatteten, polygonalen Zellen von sogenannten Porenkanälen durchbohrt. Später verschmelzen diese Zellen vollständig; mit Essigsäure entkalkt zeigen aber auch die ausgebildeten Embryonalschalen die zellige Struktur noch vollständig erhalten (Taf. III. Fig. 15). Welcher Schichte der erwachsenen Schale die einfache Lage der Embryonalschale entspricht, ist schwer zu sagen; aber die Analogie der Form und der Struktur mit der mittleren, der Prismenschicht, ist nicht zu leugnen.

5) *Byssus und Byssusorgane.*

Der Byssus ist ein langer, cylindrischer, durchsichtiger und strukturloser Faden von 1—2 μ bei *Anodonta* und 2—3 μ bei *Unio* Durchmesser, dessen relativ colossale Länge bis 12 M^m und mehr erreichen kann. Er lässt sich weniger leicht als die übrigen Körpertheile von Alkalien und Säuren angreifen, verschwindet aber sobald man diese stärker auf ihn einwirken lässt. Die Insertion in der mittleren Axe des Embryo geschieht folgendermassen.

Bei den Anadonten kommt der Faden in der mittleren Linie bis auf einen kleinen Hügel gerade in der Mitte der Körperlänge unter dem Muskel zwischen dem oberen Stachelpaare; dieser Hügel erscheint von unten länglich, von vorne würfelförmig (Taf. II. Fig. 1). Der Faden inserirt sich an diesem Hügel, biegt sich nach vorne, verläuft bis zum vorderen Rande des Muskels und verliert sich in der Tiefe, etwas nach der linken Seite hin (Taf. I. Fig. 1). Dieser letzte horizontale Theil ist von *Leuckart* [1]) als *Byssusorgan* beschrieben worden,

---

[1]) *Leuckart*, loc. cit. S. 167.

endigt jedoch hier noch nicht, sondern lässt sich noch weiter verfolgen. Der direkte Zusammenhang oder besser gesagt die direkte Fortsetzung dieses Organs (Taf. I. Fig. 2) biegt sich nach oben, in der linken Schale um den Muskel herum bis an die Schale, verläuft nach hinten, dem oberen Rande der Schale entlang, über dem Wimperorgane bis an den hinteren Rand, biegt sich nachher nach aussen und vorne, macht eine erste Circumvolution um den Muskel herum, dann eine zweite, dann eine dritte und verschwindet endlich über dem Muskel in einer von mir noch unbekannten Weise.

In diesem ganzen Verlaufe liegt das Byssusorgan fest an der Schale und ist kaum sichtbar, wenn der Embryo lebendig und mit seinen offenen Schalen von unten beobachtet wird. Betrachtet man aber den Embryo bei geschlossenen Schalen und auf seiner linken Seite liegend, so ist die Schale durchsichtig genug um die Circumvolutionen des Byssusorganes ganz genau verfolgen zu können. Um dieses Organ frei und isolirt zu bekommen, nimmt man am besten einen Embryo, welcher von Infusorien schon angegriffen ist; wie bekannt verschlingen die Infusorien mit grosser Hast zuerst die weichsten Theile des Thieres, nämlich die embryonalen Zellen und die Wimperorgane. In einem gewissen Augenblicke ist dann nur die Schale mit dem Muskel und dem Byssusorgane übrig, wie ich es etwas schematisch in der Fig. 2 Taf. I. abgebildet habe.

Der Sitz dieses Organes ist constant in der rechten Schale; ich habe es niemals in der linken gefunden. Dies ist desto bemerkenswerther als der Embryo in allen seinen übrigen Theilen vollständig symmetrisch ist.

Bei *Unio* ist die Insertion des Byssus in dem vorderen Ende des Körpers. Der Faden verliert sich direkt in der Tiefe, um die drei Circumvolutionen des Byssusorganes zu bilden.

Was die Form und die Struktur betrifft, so habe ich Folgendes beobachtet. Das Organ scheint mir cylindrisch wie der Byssus, dessen direkte Fortsetzung es ist. Seine Dicke ist

ungefähr dieselbe wie die des Byssus, so lange er den Schluss-
rand verfolgt. Nachher fängt er an sich zu verdicken, nimmt
an jeder Circumvolution mehr in Diameter zu und bekommt
endlich eine Dicke von circa 15 μ. Strukturlos wie der Byssus
in den $1^1/_2$ ersten Circumvolutionen, wird er nachher hohl,
zeigt ein distinktes Lumen von 5 μ, welches von einer feinkörnigen Masse angefüllt ist. Mit einer 6—800fachen Vergrösserung erscheinen diese Körner als kleine Kügelchen von
gleichmässiger Grösse von ungefähr 0,3 μ.

6) *Muskelgewebe.*

Nachdem wir genau die anderen Organe und Gewebe
unserer Embryonen untersucht haben, bleibt uns noch übrig
das Muskelsystem zu betrachten, welches seit dem Beginne der
Entwicklung eine grosse Wichtigkeit erlangt hat. Der einzige
Muskel, nämlich der Schalenschliesser, wird in den ersten Tagen
gebildet; er nimmt einen grossen Theil des Raumes ein, welcher
zwischen den beiden Schalen liegt; man kann endlich sagen,
dass das Muskelgewebe das einzige Gewebe ist, das scharf
differenzirt ist und sich leicht studiren lässt.

Ein besonderes Interesse giebt diesem Studium der Hin-
blick auf die allgemeine Lehre des Muskelgewebes. Wir sind
noch nicht im Klaren über die Bedeutung und die Theorie des
Muskelgewebes. Lange Jahre waren alle · Histiologen, welche
sich mit dem Muskelgewebe beschäftigt haben, bemüht, dies
Gewebe in zwei scharf abgegrenzte Typen zu scheiden. Seit-
dem *Kölliker, Agassiz, Gegenbaur, H. Müller, Leukart* bei den
Cephalopoden, Cephalophoren, Acephalen, Anneliden, Cae-
lentheraten, Medusen und Radiaten gezeigt haben, dass im
Allgemeinen die Muskeln dieser Wirbellosen mehr Aehnlichkeit
haben mit den Muskeln des organischen Lebens der Säugethiere,
als mit den eigentlichen willkürlichen Muskeln, hat man mehr
oder weniger zwei Typen des Muskelgewebes angenommen, den
cellularen und den *fascicularen* Typus. *Weismann* hat in seiner

Abhandlung *über die zwei Typen des contaktilen Gewebes* [1])
dieses am klarsten dargestellt. Er theilt die Thiere in zwei
Gruppen; der ersten gehören die Wirbelthiere und Arthropoden
an, deren Muskelgewebe den fasciculären Typus besitzt. In
die zweite Gruppe fallen die anderen Wirbellosen, Würmer,
Cölentheraten, Weichthiere u. s. w., bei welchen das Haupt-
element die Muskelzelle ist. Der ausgezeichneten Arbeit von
Weismann fehlt nur eine Definition dieser zwei Typen, welche
ich hier zu geben versuchen will.

Das Primärelement des Muskelgewebes bei den Wirbelthieren, nämlich die *fasciculare Muskelzelle* (Muskelprimitivbündel) ist: eine bedeutend grosse, cylindrische oder spindelförmige Zelle, mit einer Umhüllungsmembran (Sarcolemma),
einem in seiner Längs- und Querrichtung in *Sarcous elements*
theilbaren Inhalte, und zahlreichen Kernen.

Das Primärelement des Muskelgewebes bei den Weichthieren, Coelentheraten, Würmern u. s. w., nämlich die *einfache
Muskelzelle*, ist eine cylindrische oder spindelförmige Zelle mit
einer hie und da quer- oder längsgestreiften Hülle, einem Inhalte
und in der Regel mit einem einzigen Kerne.

Sind nun diese zwei Typen so scharf abgegrenzt, als es
Weismann verlangt, findet man nicht noch Uebergangsstufen,
welche uns hindern die Gewebe so distinkt zu unterscheiden
wie der Verfasser es wünscht? Es ist schwer Nein zu sagen.
Rollet hat gezeigt, dass der Muskelprimitivbündel eines Wirbel-
thieres oft spindelförmig im Innern des Muskels selbst endigt
und mit ihm ist es leicht in dieser fasciculären Zelle die Form
der einfachen Muskelzelle zu erkennen. Verschiedene Autoren
haben bewiesen, dass die Muskelzellen der niedrigen Thiere oft
mehr oder weniger deutlich und regelmässig, oft sehr klar quer-
gestreift sind; die Weichthiere, die Hirudineen, die Medusen,

---

[1]) In Zeitschr. f. ration. Med. von *Henle* und *Pfeiffer*. 3. Reihe
Bd. XV. S. 60 sq.

die Infusorien selbst zeigen diese Eigenthümlichkeit, welche bis jetzt nur den Wirbelthieren und Insekten zugeschrieben worden ist. Was die Zahl der Kerne betrifft, so ist sie ebenso verschieden und es können auch in den einfachen Zellen 2, 3, 4 und mehr Kerne vorhanden sein. Die Uebergangsstufen sind jedoch zahlreich und die Sprossen fehlen in der Vereinigungsleiter nicht, welche man zwischen beide Formen setzen kann.

Das Vorhandensein dieser beiden Typen wird nur sicher unterstützt oder bekämpft werden, wenn wir vollständig die Genesis der verschiedenen Muskelzellen kennen werden. Die Arbeiten von *Lébert* [1]), *Kölliker* [2]), *Remak* [3]) haben bewiesen, dass die fasciculare Muskelzelle ursprünglich eine einzige Zelle sei, welche sich in allen ihren Theilen vermehrt. *Weismann* [4]) scheint in seinen Untersuchungen demonstrirt zu haben, dass die Muskelbündel der Insekten aus einer Reihe von Zellen bestehen. Die Genese des Muskelgewebes aber der niedrigen Thiere ist noch beinahe vollständig unbekannt. „Den Unterschied der „beiden Typen des Muskelgewebes können wir nicht aus der „Entwicklungsgeschichte nehmen, einfach desshalb, weil wir „über die Entwicklung der Muskeln bei Würmern, Radiaten „und Coelentheraten wenig, ja so gut wie nichts kennen" [5]).

Die Najaden sind höchst günstig für das Studium der Entwickelung des Muskelgewebes. Die Embryonen sind leicht und zahlreich in den Kiemen des Mutterthieres zu finden, wie kaum bei einem anderen Thiere der Fall ist; die Eier sind relativ leicht zu untersuchen, denn ihre Kleinheit erlaubt es sie bequem unter dem Mikroskop zu betrachten, und die Durch-

---

[1]) *Lébert.* Recherches sur le formation des Muscles dans les animaux Vertebres. in Ann. Sc. nat. XI. Paris 1849.

[2]) In Zeischr. f. wissensch. Zoologie Bd. IX. S. 141.

[3]) *Remak.* Ueber die Entwickelung des Muskelprimitivbündels in *Froriep's* Notizen 1845 No. 768.

[4]) *Weismann.* loc. cit. S. 66.

[5]) *A. Schneider* im Archiv von *Reichert* und *Dubois Reymond* Bd. V. S. 597. 1864.

sichtigkeit ihrer Hülle sie direkt zu beobachten; die Muskelzellen und Muskelfasern, wie wir bald sehen werden, sind leicht zu isoliren, und wenn wir endlich sagen, dass das zellige Muskelgewebe selten so deutlich und so klar entwickelt ist als bei den erwachsenen Najaden, so werden wir die folgenden Zeilen genügend entschuldigen können. Es fehlt uns nur der Uebergangsmoment, nämlich die Zeit der Metamorphose, zwischen dem embryonalen und dem erwachsenen Zustande, und leider können wir diese Lücke noch nicht ausfüllen.

Dieses Thema wurde schon bearbeitet. *Margo*[1]) hat das Muskelgewebe und dessen Entwickelung bei den Weichthieren und besonders bei den Najaden beschrieben. Da er aber dabei viel zu wünschen übrig gelassen hat, und da er vielleicht von seiner Theorie der Sarcoplasten, welche er unwillkürlich unterstützen wollte, zu stark in Anspruch genommen war, manches nicht richtig gesehen hat, so glaube ich dieses Thema noch einmal aufnehmen zu dürfen. *Margo* sagt Folgendes über die Entwickelung der Muskelfasern bei *Anodonta:* „Untersucht man „die ersten Anlagen der Schalenschliesser bei 0,3 — 0,5 Millim. „grossen Jungen won *Anodonta*, die man den Kiemen des „Mutterthieres herausgenommen und lebend in Weingeist ertränkt hatte, so bemerkt man, dass die noch ganz kleinen „gelblichen Muskelmassen aus lauter an einander gelagerten, „noch leicht isolirbaren rundlichen, oder länglichen cylindrischen, „spindelförmigen oder rhombischen Zellen bestehen. Die rund„lichen Zellen messen 8 — 10 μ im Durchmesser; die länglichen „sind 100 — 170 μ lang in der Mitte gewöhnlich 5 — 8 μ breit. „Dieselben bergen in ihrem Innern meist einen runden oder „elliptischen Kern, der aber in dem stark lichtbrechenden Inhalt nicht so leicht wahrzunehmen ist.“

„Wenn man mit Hilfe der Nadeln die embryonalen Muskel„massen möglichst fein zerzupft, so begegnet man immer noch

---

[1]) Ueber die Muskelfasern der Mollusken. Sitzungsberichte der k. k. Akademie der Wissenschaften XXXIX. S. 559. Wien 1860.

„solchen Zellen, die reihenweise an einander gelagert, sich mit
„ihren Spitzen gegenseitig berühren und nach Art der Faser-
„zellen mit einander zusammenhängen."

„Bei weiter fortgeschrittener Entwickelung sehen diese
„Elemente mehr verlängert aus, und verschmelzen hie und da
„allmählich mit einander, so dass später an der früheren Be-
„rührungsstelle zweier Zellenspitzen die Verschmelzung kaum
„durch die Spur einer Einschnürung angedeutet wird." [1])

Ich werde später zeigen, dass diese „rundlichen, oder
„länglichen, cylindrischen spindelförmigen oder rhombischen
„Zellen" nichts anderes sind als durch die Präparirmethode
modificirte Formen von vollständig gleichen und regelmässigen
Zellen, welche durch einen Rest von vitaler Contraktilität alterirt
sind.

Die folgenden Beobachtungen gehören verschiedenen Arten von Najaden an, und nicht einer einzigen Species. Aber
bei allen erwachsenen Najaden stimmt das Muskelgewebe so
vollständig überein, und bei den Embryonen von verschiedenen
Arten zeigt es so vollständig die nämlichen Uebergangsstufen,
dass ich für meine Untersuchungen verschiedene Arten statt
einer einzelnen, ohne den geringsten Nachtheil benutzen könnte.

---

1) Die jüngsten Muskelzellen, welche ich untersucht habe
waren bei einer *Unio Crassus* des Maines, den 2. Juli 1865,
meiner Rechnung nach, ungefähr im 6. — 7. Tage der Entwicklung. Die Schalenanlage war schon gebildet und zeigte
eine Reihe von schönen abgeplatteten Zellen, die aber noch
nicht verkalkt genug waren um mit Essigsäure behandelt eine
Gasentwicklung hervorzubringen. Die unteren embryonalen
Zellenmassen hatten sich noch nicht getrennt, und die Schalen-
aufsätze waren noch nicht vorhanden. Unter dem Schlossrande

---

1) *Margo* loc. cit. S. 572.

hatte sich dieser dreieckige freie Raum, von dem ich früher gesprochen habe, gebildet, und in der unteren Ecke dieses Raumes sah ich eine Masse von 40 — 50 embryonalen Zellen zu einem Häufchen abgesondert, dies ist die Anlage des Muskels. Das Häufchen von Zellen ist von den übrigen embryonalen Zellenmassen scharf abgegrenzt und die Anlage leicht zu erkennen (Taf. II. Fig. 3). Von der Seite gesehen, sahen die Zellen der Muskelanlage rundlich aus, von oben oder von unten betrachtet, sind sie spindelförmig mit schönen Kernen und einer Länge von c. 55 µ und einer Breite von c. 5 µ.

Diese Beobachtung, welche ich bei *Anodonta* und bei anderen Arten von Unionen oft zu wiederholen Gelegenheit hatte, zeigt mir den Muskel ursprünglich aus 40 — 50 Zellen bestehend, welche sich verlängern und spindelförmig werden.

2) Wenn ich bei etwas älteren Embryonen die Entwicklung verfolgte, bei *Anodonta Anatina* wie bei den verschiedenen Arten von *Unio* habe ich Folgendes beobachtet. Die ursprünglich runden, nachher ovalen Zellen, welche die erste Anlage des Muskels bilden, werden mehr und mehr spindelförmig, verlängern sich und erreichen bald die Länge des Raumes, welcher die beiden Schalen einnimmt. In diesem Momente sind sie ziemlich deutlich in zwei Reihen getheilt, deren eine in der rechten, die andere in der linken Schale sich befindet, und ihre Kerne bilden zwei etwas dunkle Linien auf jeder Seite der mittleren Ebene.

3) Kommen die beiden Enden der Zellen mit der Schale in Berührung, so breiten sich die spitzigen Extremitäten aus und inseriren sich unmittelbar an die Schale selbst. Die Form wird dadurch verändert, und anstatt spindelförmig, wird sie cylindrisch, so dass die Extremitäten wie senkrecht abgeschnitten erscheinen. Zur besseren Bezeichnung in der folgenden Beschreibung nenne ich sie *embryonale Muskelfasern*.

Der Embryo bildet sich mehr und mehr aus, in der Schale lagert sich kohlensaurer Kalk ab, und von diesem Augenblicke an, ist es uns möglich die Muskelfasern isolirt zu bekommen.

Zu diesem Zwecke empfehle ich folgendes Verfahren. Ich öffne das Mutterthier und lasse es in einer mit Wasser angefüllten Schüssel absterben. Nach 2—3 Tagen ist dasselbe todt, sowie auch die Embryonen in den Kiemen; dann nehme ich einige Eier aus den Kiemen und zerdrücke sie zwischen dem Objectträger und Deckgläschen, so bekomme ich in dem Präparate die Muskelfasern der Figuren 5 und 6 Taf. II. Diese Präparationsmethode ist so zu sagen nothwendig um die Muskelfasern im normalen Zustande zu erhalten. Denn, so oft ich die Embryonen plötzlich tödtete, sei es, dass ich sie direkt aus den Kiemen des lebendigen Mutterthieres nahm um sie zu präpariren, oder dass ich die Embryonen tragenden Kiemen plötzlich in Alkohol (wie *Margo*), in eine alkalinische (Kali, Natron) oder sauere (Essigsäure, Chromsäure) Lösung warf, hatte ich keine günstigen Resultate, und bekam jedesmal die Muskelzellen in einem unregelmässigen und unvergleichbaren Zustande. In der Figur 8, Taf. II, worin ich einige dieser nach raschen Tode isolirten Muskelfasern abbildete, erkennt man leicht die von *Margo* beschriebenen Muskelzellen.

Wie kann ich den Unterschied zwischen diesen beiden Resultaten erklären? Wird der junge Embryo plötzlich getödet, so schliesst er in demselben Momente wo der vergiftende Stoff ihn berührt krampfhaft seine Schalen, welche auch nach dem Tode geschlossen bleiben. Lässt man aber im Gegentheil nach Zerreissung der Eihülle den Embryo im Wasser langsam absterben, so bleibt dessen Schale nach dem Tode offen. Im ersten Falle stirbt er tetanisirt, im zweiten gelähmt; im ersten Falle sind die Muskelfasern höchst contrahirt, verdickt, tetanisirt, welchen Zustand sie auch behalten, besonders wenn die vergiftende Flüssigkeit erhärtend und conservativ ist (Alkohol, Chromsäuere), im zweiten Falle werden sie ausgedehnt, ausgebreitet, und behalten durch die Todesstarrheit die Form, welche sie im Sterben hatten.

Was den Muskel im Allgemeinen betrifft, so wird er immer stärker und kräftiger; seine Grösse nimmt weniger zu, seine Elemente aber differenziren sich immer schärfer. Ohne ihn zu zerzupfen, erkennt man schon von aussen, dass die Fasern immer mehr an Consistenz gewinnen. In seiner physiologischen Thätigkeit erkennt man auch die Zunahme an Kraft; man sieht die Bewegungen immer lebendiger werden, und wenn der Embryo ausgebildet ist, so besitzt er eine bedeutende Kraft. Ich versuchte oft vergebens ohne spezielle Präparation die Embryonen, welche ich auf den Fischen schmarotzend fand, mittelst zweier Nadeln zu eröffnen, da sie sich nicht eröffnen liessen, ohne dass ihre Schale zu Grunde gieng.

Die Muskelfasern zeigen wichtige Veränderungen, welche wir verfolgen werden.

4) In einem vierten Stadium werden sie hohl und sehen wie Röhrchen mit ziemlich dicken Wandungen aus (Taf. II. Fig. 5). Die Form bleibt immer dieselbe, eine kleine, cylindrische, scharf senkrecht abgeschnittene Säule, mit einem Kerne in der Mitte. Dieser Kern verlängert sich, wird aber weniger deutlich; die feinen Fettmolleküle, welche ihn umgeben, verlängern sich in der ganzen Länge der Faser. Der feste Inhalt der Faser wird immer mehr gegen die Wandungen gedrängt, bis endlich die Faser hohl erscheint, mit ziemlich deutlichen Contouren, einigen kleinen Fettmollekülen und mit einem immer undeutlicheren Kerne. Sind die Muskelfasern mit Carmin imibirt, so färben sich die Wandungen weniger und die Lösung sammelt sich mehr in der Mitte derselben, so dass der hohle Raum klar zu erkennen ist.

5) Bald entsteht eine Spaltung in den Wandungen der hohlen Fasern; zuerst nur sehr schwach angedeutet, erkennt man nachher deutlichere parallele Linien, welche die Fasern in 4, 5, 6 Säulchentheilen, die wir mit dem Namen *embryonale Muskelfäserchen* bezeichnen werden. Zuerst sind diese Fäserchen noch nicht zu isoliren und das Ganze bleibt in der Form des Röhrchens, welches wir eben beschrieben haben; dann erhält dasselbe ein gefurchtes Aussehen. Obschon die Kerne immer

mehr verschwinden, konnte ich sie in diesen Stadium doch constatiren.

6) Bei ausgebildeten Embryonen von Anodonta tritt im Monate November und Dezember eine neue Modification ein. Die Fäserchen bilden noch Bündel zu 5 — 6, welche den primitiven Fasern entsprechen, der freie Raum aber in der Mitte ist verschwunden; kaum findet man noch Spuren von Kernen zwischen den Muskelfibrillen und mit günstiger Präparation gelingt es, solche Fäserchen zu isoliren. In mit Chromsäure, chromsauren Kali oder Essigsäure behandelten Fasern habe ich theilweise oder vollständig isolirte Fäserchen erhalten. Das einfachste Mittel um die Muskelfibrillen zu bekommen ist die Embryonen lange Zeit mit sehr verdünnter Lösung von Essigsäure zu behandeln, um den kohlensauren Kalk von der Schale zu entfernen; dann zerzupft man sie und die Fibrillen sind sehr hübsch isolirt, haben aber ihre ursprüngliche Starrheit verloren.

7) Die Isolirung der Muskelfäserchen wird immer leichter, je ältere Embryonen man untersucht. Die Embryonen, welche ich beobachtet habe von *Anodonta Ventricosa* (November, Dezember), von Najaden auf den Fischflossen (Januar, Februar), von *Anodonta Anatina* (März, April) zeigten mir die Fibrillen vollständig frei und nicht mehr in Bündeln vereinigt.

Das Gesetz der ersten Entwickelung der embryonalen Muskelfäserchen ist also eine longitudinale Theilung der 40—50 ursprünglichen Muskelfasern, welche endlich die Zahl von 200—300 Fibrillen geben. Ich muss noch bemerken, dass ich die Kerne nie Theil nehmen sah an dieser Vermehrung; sie verschwinden im Gegentheil bald in den Muskelfasern. Nach häufigen und sorgfältigen Untersuchungen ist es mir nie gelungen, in den Fäserchen Kerne zu demonstriren.

Die ersten Muskelzellen haben wir beschrieben; es bleibt uns noch etwas über die Fasern und Fäserchen zu bemerken.

a) Folgendes ist die Grösse der Muskelfasern und Fäserchen in den verschiedenen Arten, welche ich untersucht habe.

| | Muskelfasern | | Muskelfäserchen |
	Länge.	Dicke.	Dicke.
Anodonta Ventricosa	190 μ	10 μ	3 μ
An. Anatina	260 μ	—	4 μ
An. Cellensis	230 μ	—	2,5 μ
An. Intermedia	180 μ	10 μ	2,5 μ
Unio Crassus	100 μ	7 μ	—

b) Die embryonalen Muskelfasern nehmen die ganze Länge des Muskels ein und inseriren sich an den beiden Schalen; bei den Embryonen findet man nichts, was den spindelförmigen Zellen der Erwachsenen, welche in der Mitte des Muskels endigen, gleichen würde.

c) Die Insertion geschieht wie bei den Erwachsenen unmittelbar an der Schale ohne Sehne oder Aponeurosen.

d) Die Starrheit der Muskelfasern nach meiner Präparationsmethode ist auffallend. Wenn sie frei im Präparat schwimmen, sind sie ganz gerade, sind sie aber gebogen, so sind sie winkelig und die zwei Seiten des Winkels sind gerade; sie zeigen niemals diese Biegungen, welche die weichen Gewebe gewöhnlich annehmen. Ein Stückchen Muskelfaser von Wirbelthieren zum Beispiel, freigelegt ist immer mehr oder weniger gebogen und behält die Curven, welche die Präparation ihm gegeben hat. Es wird nur zufällig ganz gerade stehen oder diese elastische Starrheit dann zeigen, wenn es mit besonderen erhärtenden Flüssigkeiten behandelt wird (Alkohol, Chromsäure). Unsere embryonalen Muskelfasern aber, sowohl diejenigen, welche direkt aus den Kiemen des langsam getödteten Mutterthieres mit gewöhnlichem Wasser präparirt sind, als auch diejenigen, welche in Alkohol oder Chromsäure bewahrt waren, zeigen diese Eigenthümlichkeit.

Querschnitte des Muskels sind wegen der Kleinheit der Embryonen mit einem Messer nicht zu bekommen. Um die transversale Sektion eines Muskels zu beobachten, habe ich indirekt verfahren. Mit starker Beleuchtung ist es in gewissen Fällen, besonders bei jungen Embryonen, wo die Schale noch wenig kalkhaltig ist, möglich, durch die Schale die Insertion des Muskels zu sehen. Ich habe darin die Fasern und Fäserchen leicht erkannt, war aber erstaunt über die Unregelmässigkeit der Querschnitte der verschiedenen Bündel von Fibrillen.

Fassen wir jetzt die Entwickelung der embryonalen Muskelfasern kurz zusammen. Es sondern sich 40 — 50 embryonale Zellen ab, welche sich verlängern, bis sie die Länge des zwischenschaligen Raumes erreicht haben. Dann werden diese Zellen (embryonale Fasern) hohl, ihre Wandungen theilen sich nach ihrer Längsrichtung in 5 — 6 Fäserchen und die Kerne verschwinden oder bleiben zwischen diesen Fibrillen, welche immer mehr Selbstständigkeit gewinnen. Endlich haben wir 200 — 300 isolirbare Fäserchen, welche, so weit wir die embryonale Entwicklung kennen, den ganzen Muskel bilden.

Wir werden mit der Entwicklung des Muskelgewebes erst fertig werden, wenn wir noch diese zwei Punkte betrachtet haben:

A. In welchen Verhältnissen stehen die embryonalen Muskelfasern zu denjenigen von jungen ausgebildeten und denjenigen von erwachsenen Najaden?

B. In welchem Verhältnisse steht dieser Entwicklungsprocess zu dem des quergestreiften Muskelgewebes?

A. Die Muskelfasern oder Muskelzellen der erwachsenen Najaden sind oft beschrieben worden. Es sind spindelförmige Zellen, welche bei Weitem die Länge des Muskels nicht erreichen, mit einem zähen Inhalte und einem schönen Kerne, und welche, wie *Margo* richtiger beobachtet hat [1]), deutliche aber ziemlich unregelmässige Querstreifung darbieten. Die Abbildung [2]) aber, in welcher *Margo* kleine Kügelchen von freien Räumen getrennt, als diese Querstreifung bildend, gezeichnet

---

[1]) *Margo*, loc. cit. S. 563.

[2]) *Margo*, loc. cit. Taf. I. Fig. 2, 3.

hat, befriedigt mich nicht. Die Querstreifung ist mehr eine Art unregelmässig verschlungener Streifungen, welche bald quer, bald schief die umhüllende Membran bedecken. Der einzige Unterschied, welchen ich zwischen diesen erwachsenen Muskelfasern und den von jüngeren Anodonten und Unionen von 6—20 M^m Länge, die sich fortwährend noch vergrössern, finden konnte, ist, dass bei den letzteren die Muskelzellen oft eine deutliche Längsstreifung zeigen, als wollten sie sich in ihrer Längsrichtung theilen. Diesen Vermehrungsprocess der Muskelzellen durch Theilung in der Längsrichtung war ich nicht im Stande zu demonstriren; was ich jedoch gesehen habe, giebt mir Andeutung genug dafür. Jedenfalls habe ich niemals in rein präparirten Muskelfasern die *Sarcophasten* von *Margo* entdecken können.

Der Unterschied zwischen den beiden Formen der Muskelzellen ist dann auffallend. Bei den Embryonen haben wir 2—300 Muskelfäserchen ohne Kerne (oder mit zwischenfibrillären Kernen, welche die ganze Länge des Muskels bilden und niemals im Innern des Muskels frei endigen.

Bei den jüngsten der Erwachsenen finden wir schon mehrere Tausend [1]) spindelförmige Zellen mit schönen Kernen im Innern, welche immer von einer Seite, am wenigsten von beiden Seiten, in den meisten Fällen spitzig im Innern des Muskels frei endigen.

Wie dieses zweite Gewebe aus dem ersten entstehen kann, durch welche Metamorphose man den Zusammenhang dieser bei-

---

[1]) Bei einem *Unio* von 70 Mm. Länge habe ich die Querschnitte der beiden Schalenschliessen gemessen:

Vordere Schalenschliesser . . 38,3 Quadratmillim.

Hintere   „   . . 31,7   „

Zusammen . . 70 Quadratmillim.

Die Breite einer Muskelzelle ist ungefähr 0,016 Mm., ihr Querschnitt ungefähr 0,00025 Quadratmillim. Ein Querschnitt der beiden Muskeln trägt also ungefähr 280,000 Querschnitte von Muskelzellen.

den Formen erklären kann, ist für mich eines der schwersten
Räthsel dieser geheimnissvollen Entwicklungsgeschichte. Und
doch spreche ich in diesem ganz histiologischen Theile nicht
von der Zertrennung des einzigen Embryonalmuskels in die
zwei Muskeln des Erwachsenen, die vom ganzen Körper getrennt sind.

Wenn ich nun diese Entwickelung mit der des quergestreiften Muskelgewebes vergleiche, werde ich nun von den
embryonalen Muskelfasern der Najaden sprechen.

B. Wie ich gesagt habe, so folge ich der Theorie von
Remak, Kölliker, Lébert für die Entwicklung des quergestreiften
Muskelgewebes und sehe den Muskelprimitivbündel aus einer
Zelle bestehend, deren Kern sich vermehrt und deren Inhalt in
der Quer- und Längsrichtung sich theilt. Wenn wir nach den
neuen Angaben von *Cohnheim* [1]) und *Kölliker* [2]) die Wirklichkeit
der polygonalen Prismen von *Cohnheim* im Innern der Muskelbündel annehmen, so sehen wir zwischen dem Muskelgewebe
der Najadenembryonen und dem der Wirbelthiere Aehnlichkeiten,
welche nicht zu leugnen sind.

Bei den Najadenembryonen eine Gruppe von Fäserchen
mit oder ohne zwischenfibrillären Kernen rührt aus einer Zelle
her, welche sich in der Längsrichtung getheilt hat.

Bei den Wirbelthieren eine Gruppe von Prismen von
Cohnheim (der Muskelprimitivbündel) mit zwischen fibrillaren
Kernen, rührt aus einer Zelle her, welche sich ebenfalls in
der Längsrichtung getheilt hat.

Die Unterschiede zischen den beiden Formen sind:

Bei den Najadenembryonen theilt sich der Kern der Muskelfaser nicht, im Gegentheil scheint er zu verschwinden.

Bei den Najadenembryonen theilt sich der Inhalt der
Muskelfäserchen nicht quer um *Sarcous elements* zu bilden.

---

[1]) *Cohnheim.* Virchow's Archiv. Bd. XXXIV. S. 60. 1865.
[2]) *Kölliker.* Würzburger physik.-medic. Gesellsch. 1866.

Ich kann jetzt die Hauptdifferenzen der Entwicklung zusammenfassen und zeigen, dass man schon bei den Embryonen die zwei Gattungen *Unio* und *Anodonta* leicht unterscheiden kann.

1) Die Eier der Unionen sind kleiner als die der Anodonten.

2) Die Schale ist bei den Unionen mehr gewölbt, bei *Anodonta* ist der untere Winkel mehr nach hinten zugedrängt.

3) Der Byssusfaden ist bei *Unio* dicker als bei *Anodonta*, seine Insertion ist bei den zwei Gattungen verschieden.

4) Die Zahl der borstenartigen Stacheln: bei *Unio* nur zwei Paare, bei *Anodonta* vier Paare; ihre Lage ist ebenfalls verschieden.

Diese Hauptcharaktere habe ich immer constant bei den verschiedenen Arten gefunden, und sie gestatten mir eine leichte Diagnose der zwei Gattungen schon bei den Embryonen.

Werfen wir jetzt einen Rückblick auf diese ausgebildeten Embryonen und vergleichen wir sie mit den erwachsenen Najaden.

1) Die Apparate des organischen Lebens, welche höchst complicirt bei den Erwachsenen sind und aus einen Verdauungscanal mit seinen Mundtastern, seiner Leber und seinen Nieren, einem circulatorischen System mit Herzen, Arterien, Capillaren, Venen, complicirten Kiemen bestehen, sind im Gegensatz bei den Embryonen so wenig als möglich vorhanden, nur durch die Wimperräder vertreten.

2) Die Apparate des animalen Lebens sind besser bei den Embryonen vorhanden, zeigen aber doch wesentliche Differenzen. Das Nervensystem ist nicht bekannt, soll aber vertreten sein, da der Muskel schon willkürliche Bewegungen zeigt.

Das Muskelgewebe ist, wie wir weitläufig genug erklärt haben, höchst verschieden bei den beiden Perioden; der Muskel selbst in seiner Lage und Form ist noch bemerkenswerther. Wie können von dem einzigen embryonalen Muskel die zwei Schalenschliesser des Erwachsenen entstehen? Diese Trennung in zwei ist schon sonderbar, was noch auffallender ist, ist, dass der ganze Körper und besonders der Darmkanal zwischen den zwei Muskeln sich hineinschiebt.

Die Schale endlich ist sehr verschieden. Bei dem Embryo ihre einfache Lage, ihre dreieckige Form, ihr sonderbarer Aufsatz unterscheiden sie vollkommen von der Schale der Erwachsenen.

Alle diese Unterschiede, welche die Erscheinung der Theorie des *Glochidium* sehr leicht entschuldigen, sind wesentlich genug um dieses Thema der *Metamorphose* annehmen zu lassen, welches ich schon am Anfang dieser Arbeit ausgesprochen habe. Es geschieht eine Metamorphose, aber wie und wo und wann? das müssen wir bis jetzt als unbekannt bezeichnen.

―――――

Psorospermien Cysten. Sehr oft habe ich die in den Kiemen enthaltenen Eier von *Unionen* anstatt von einem Dotter oder von Furchungskugen von hübschen regelmässigen Kügelchen von 16—18µ Dicke ausgefüllt gefunden, welche ich in Fig. 11—12 Taf. III abbilde. Diese Bläschen halte ich für ähnlich mit dem, was man unter dem Namen Psorospermien beschrieben hat.

Erklärung der Abbildungen.

Tafel I.

Fig. 1. Embryo von *Anodonta Ventricosa* im Monate Dezember, von unten gesehen, die Schalen vollständig geöffnet. $\frac{65}{1}$

Fig. 2. Derselbe. Locomotorischer Apparat. Schale mit ihrem Haken, Byssus, Byssusorgan und Muskel. $\frac{65}{1}$

Fig. 3. Derselbe. Apparate des organischen Lebens. Seitliche Massen, Wimperapparat, borstenartige Stacheln. $\frac{65}{1}$

Tafel II.

Fig. 1. Embryo von *Anodonta Ventricosa* im Monate Dezember, von vorn gesehen. $\frac{65}{1}$

Fig. 2. Embryo von *Unio Batavus*, 11. Juni 1866. Von vorn gesehen. $\frac{225}{1}$

Fig. 3. Ei von *Unio Crassus*, 2. Juli 1865. Erste Anlage des Muskels von oben gesehen. $\frac{150}{1}$

Fig. 4. Ei von *Unio Crassus*, 15. Juli 1866, von der Seite gesehen. Erste Anlage des Muskels. *a*, *b*, vordere und hintere spindelförmige Zellen (C. Vogt).

Fig. 5. Embryonale Muskelfasern von *Unio tumidus*, zeigen die mittlere Höhle der Röhre. $\frac{450}{1}$

Fig. 6. Embryonale Muskelfasern von *Anodonta ventricosa* (November), zeigen die Spaltung in Fäserchen. $\frac{300}{1}$

Fig. 7. Dieselben, mit Essigsäure behandelt. Muskelfäserchen. $\frac{300}{1}$

Fig. 8. Embryonale Muskelfasern von *Anodonta Cellensis*, von dem lebenden Embryo präparirt. $\frac{300}{1}$

Tafel III.

Fig. 1—7. Furchungsprocess bei *Unio*. $\frac{100}{1}$

Fig. 8. Ei von *Anodonta*, die Furchung ist vollendet. (Nach einer Zeichnung von Prof. C. Vogt.)

Fig. 9. Isolirte Furchungskugeln mit Wasser behandelt. $\frac{300}{1}$

Fig. 10. Protoplasmakugeln oder embryonale Zellen der seitlichen Massen eines Embryo von *Anodonta Anatina*, 10 Tage nach dem Austreten aus den Kiemen. $\frac{250}{1}$

Fig. 11. Ei von *Unio Crassus*, Psorospermien enthaltend. $\frac{100}{1}$

Fig. 12. Einige isolirte Psorospermien. *a* gewöhnliche Form, *b c* seltene Formen derselben.

Fig. 13. Schalenaufsatz eines Embryo von *Anodonta cellensis* von der Seite gesehen. *a* Eihülle. $\frac{350}{1}$

Fig. 14. Ein Stückchen des Byssusorganes einer embryonalen *Anodonta Ventricosa*. c. $\frac{600}{1}$

Fig. 15. Ein Stückchen der Schale eines ausgebildeten Embryo's von *Anodonta Anatina* mit Essigsäure behandelt. c. $\frac{600}{1}$

Fig. 16. Wimperorgane von *Anodonta Cellensis* nach dem Austreten aus den Kiemen. c. $\frac{300}{1}$

13 NO 67

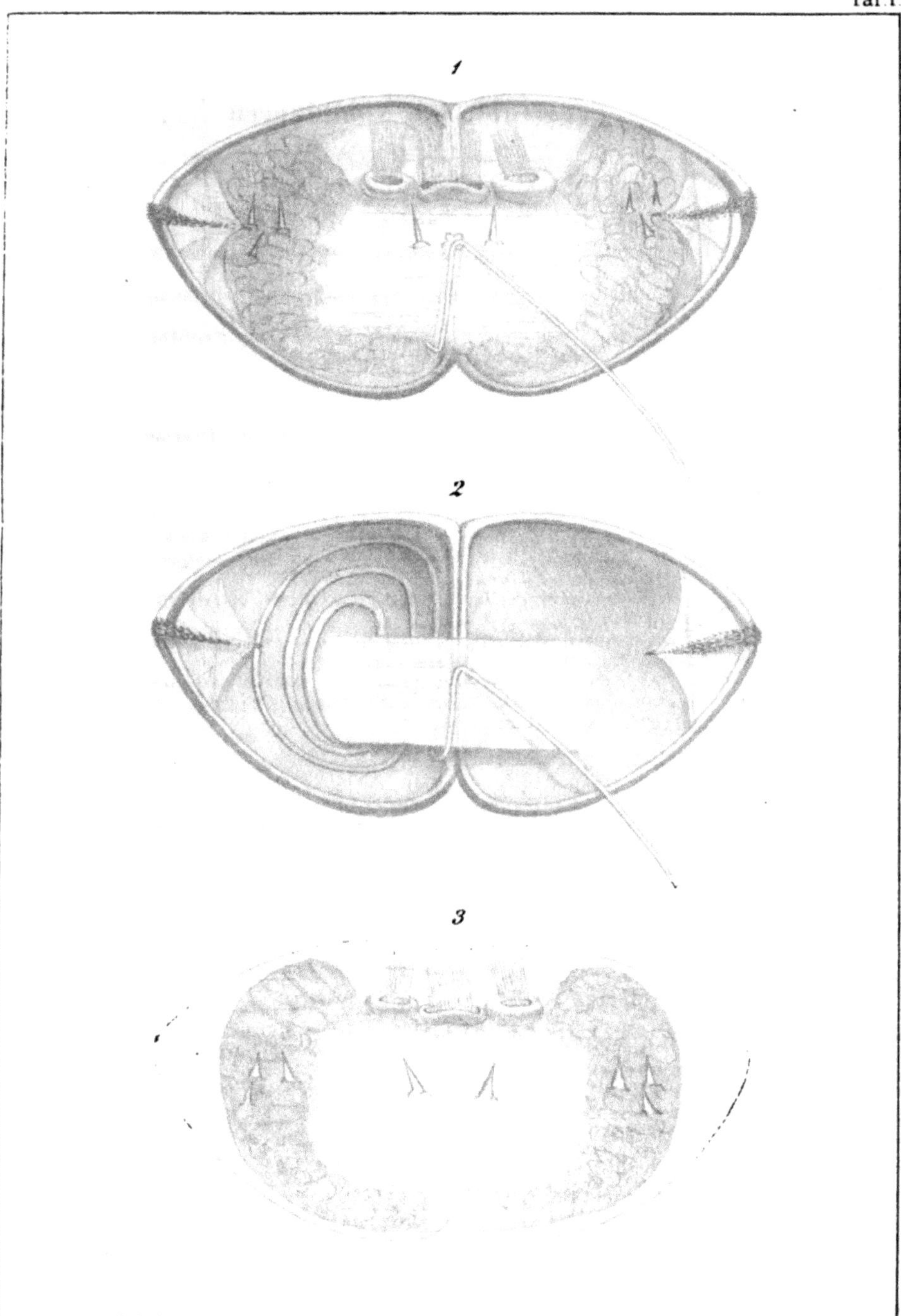

Forel del.

Lochow lith Würzburg

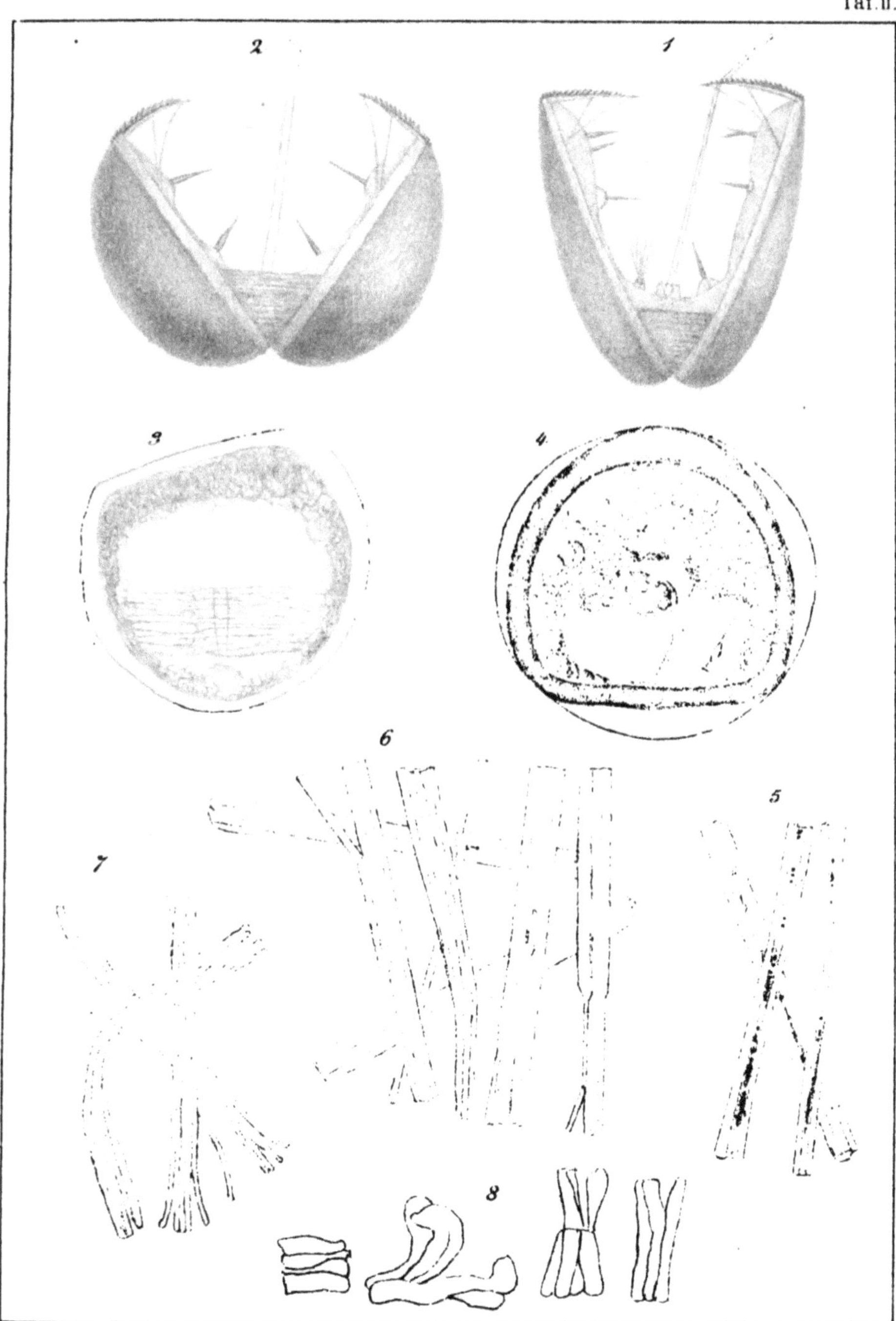
2
1
3
4
6
5
7
8

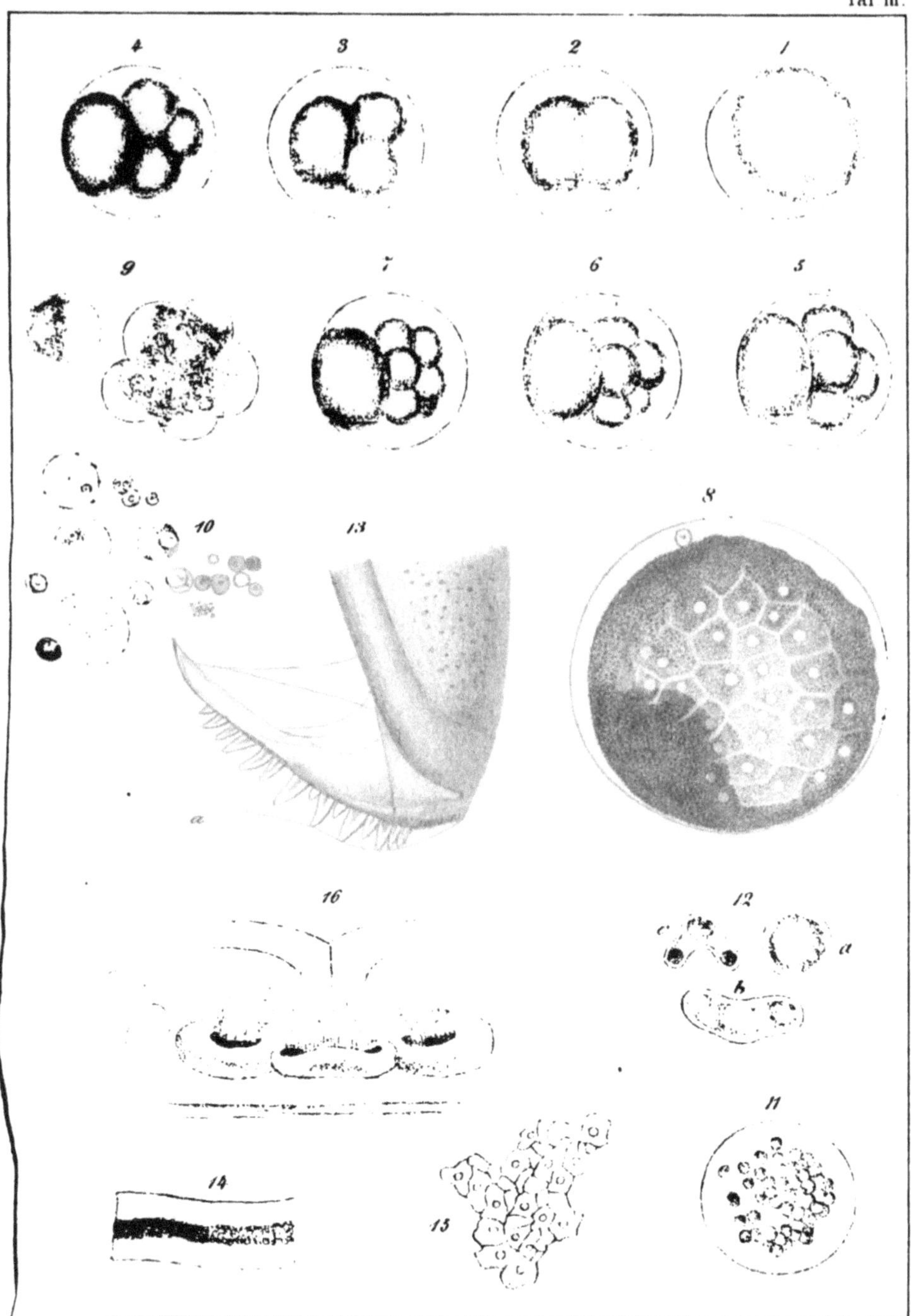

4
3
2
1
9
7
6
5
10
13
8
a
16
12
c
a
b
11
14
15